A todos los que viven conmigo y mis inconvenientes;
sobre todo a mi oso Blai y a mi cocodrilo Bruna.
Y al pequeño papagayo de Ada,
que querría sobrevolarme cada día.

Bel

¡Y a los que viven con los míos!
Mi padre, mi madre, Eva, los siete magníficos
y todo el resto de compañeros de viaje que estáis a mi lado

Mercè

Destino Infantil y Juvenil, 2017
infoinfantilyjuvenil@planeta.es
wwww.planetadelibrosinfantilyjuvenil.com
www.planetadelibros.com
Editado por Editorial Planeta, S. A.

© del texto, Bel Olid, 2016
© de las ilustraciones, Mercè Canals, 2016
© Editorial Planeta, S. A., 2017
Avda. Diagonal, 662-664, 08034 Barcelona
Primera edición: enero de 2017
ISBN: 978-84-08-16641-2 (edición cartoné)
ISBN: 978-84-08-16642-9 (edición rústica)
Depósito legal: B. 23.579-2016 (edición cartoné)
Depósito legal: B. 23.580-2016 (edición rústica)
Impreso en España – *Printed in Spain*

El XXXVI Premio Destino Infantil – Apel·les Mestres fue otorgado por el siguiente jurado:
Lary León, Jesús Gabán, Care Santos, Fernando Valverde y Marta Vilagut.

XXXVI PREMIO DESTINO infantil
APEL·LES MESTRES

Vivir con Hilda
(y sus inconvenientes)

Bel Olid y Mercè Canals

DESTINO

Vivir con un **cocodrilo** puede parecer emocionante,
pero tiene sus inconvenientes.

Con tantos dientes, se pasa horas en el baño lavándoselos.

Y, cuando los tiene limpios,
sigue siendo un **cocodrilo**.
¿Y si le da un ataque de hambre
y se me zampa?

Mejor un **papagayo**.

Vivir con un **papagayo** puede parecer emocionante,
pero tiene sus inconvenientes.

Cuando jugamos al escondite, como vuela,
siempre se esconde en lugares perfectos.

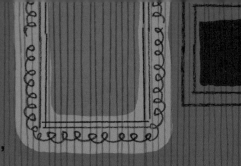

Y, aunque lo encuentre, sigue siendo un **papagayo**.

¿Y si se come todas mis pipas?

Mejor una **jirafa**.

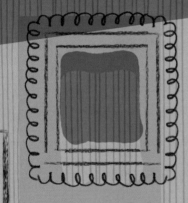

Vivir con una **jirafa** puede parecer emocionante,
pero tiene sus inconvenientes.

Es tan alta que siempre termina hecha un lío
con las lámparas del techo.

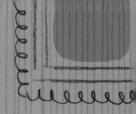

Y, cuando hemos conseguido liberarla,

sigue siendo una **jirafa**.

¿Y si, con sus patas tan largas, no me deja volver

a sentarme nunca más en el sofá a ver los dibujos?

Mejor un **rinoceronte**.

Vivir con un **rinoceronte** puede parecer emocionante,
pero tiene sus inconvenientes.

Cuando damos una fiesta siempre explota
los globos o aplasta el pastel.

Y, después de la fiesta,
sigue siendo un **rinoceronte**.
¿Y si, sin darse cuenta, me aplasta?

Mejor un **oso**.

Vivir con un **OSO** puede parecer emocionante,
pero tiene sus inconvenientes.

Él no se da cuenta, pero le apesta tanto el aliento
que echa para atrás.

Además, hasta con la boca cerrada, sigue siendo un **oso**.

¿Y si decide hibernar en mi cama?

Mejor una **cebra**.

Vivir con una **cebra** puede parecer emocionante,
pero tiene sus inconvenientes.

A la que me despisto, arrasa con mi jardín.

Y, cuando se le ha pasado el hambre, sigue siendo una **cebra**.
¿Y si, mientras damos un paseo, se asusta con el perro de los vecinos
y echa a correr al galope?

Quizá lo mejor sea vivir sola y visitarlos de vez en cuando.

Hola, ¡ya estoy aquí!